El Cocuyo y la Mora

CUENTO DE LA ETNIA PEMÓN

RECOPILACIÓN FRAY CESÁREO DE ARMELLADA
ADAPTACIÓN KURUSA Y VERÓNICA URIBE
ILUSTRACIÓN AMELIE ARECO

EDICIONES EKARÉ

A los niños
de la Gran Sabana

EDICIONES
ekaré

Edición a cargo de
Carmen Diana Dearden y Verónica Uribe
Dirección de arte: Monika Doppert

Vigésima primera edición, 2013

Av. Luis Roche, Edif. Banco del Libro, Altamira Sur
Caracas 1060, Venezuela

C/ Sant Agustí 6, bajos. 08012 Barcelona, España

www.ekare.com

ISBN 978-980-257-042-3 · Depósito Legal lf15119988001158

Impreso en China por South China Printing Co. Ltd.

Un gran cocuyo salió de viaje
a visitar a unos tíos que vivían muy lejos,
al otro lado de la sabana.

Volando, volando, llegó al atardecer
a un cerro donde vivía una mora.
Se sentía cansado y soñoliento
y decidió quedarse allí a pasar la noche.

La mora estaba vieja, deshojada y
encorvada, y de sus ramas asomaban
unos dientazos muy feos.
El cocuyo se acercó
buscando un sitio para dormir.

A la mora le gustó la manera de volar,
el zumbido de las alas
y los ojos brillantes del cocuyo,
y empezó a enamorarlo.

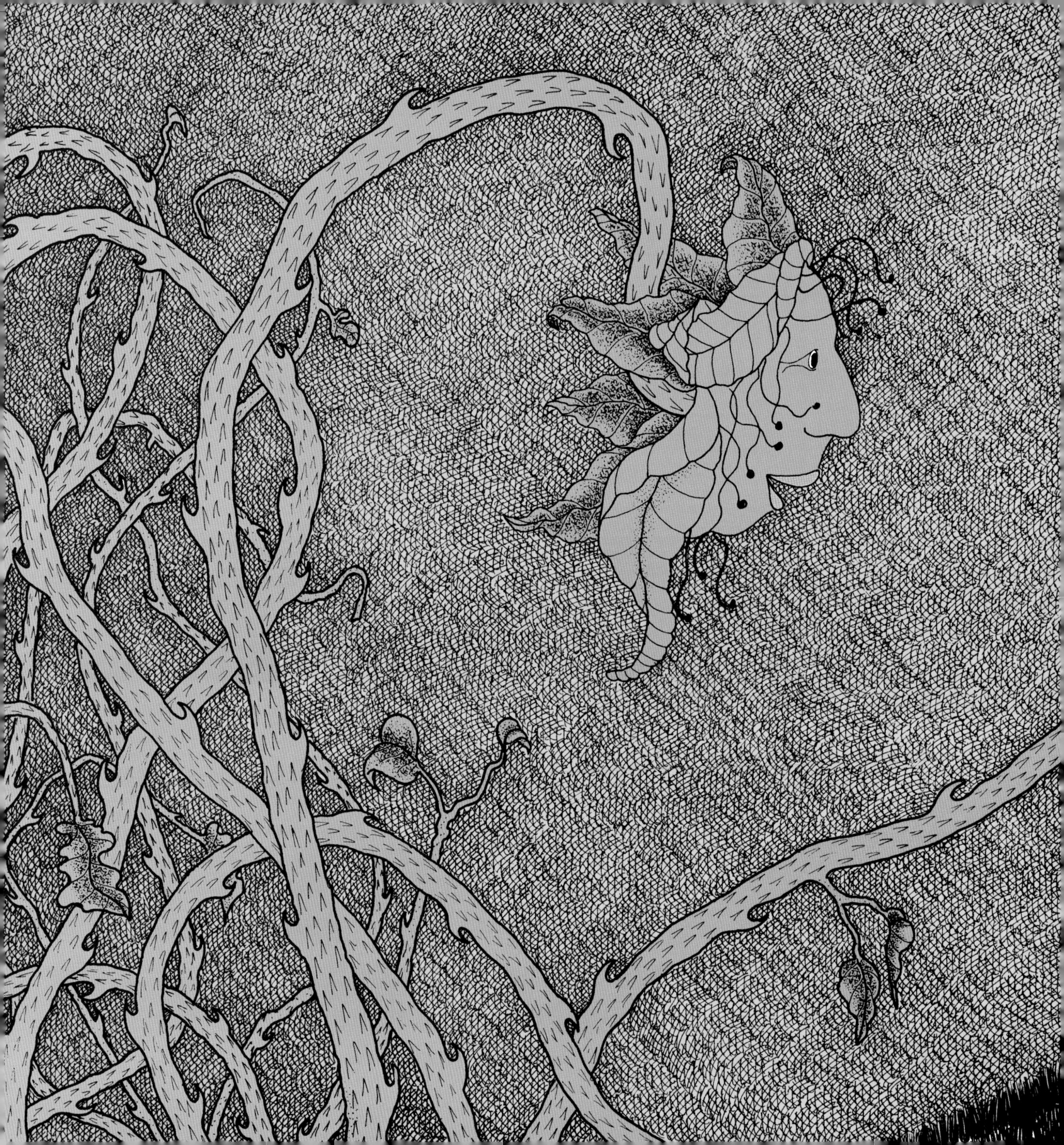

Le dio comida y bebida.

Le colgó con cuidado su chinchorro
y lo entretuvo con conversaciones interesantes
hasta muy entrada la noche.

—¿Quieres casarte conmigo, cocuyo?
—preguntó al fin la mora.
Pero el cocuyo se hizo el dormido y no le contestó.
La mora lo tocó suavemente y volvió a preguntar:
—¿Quieres casarte conmigo, cocuyo?

El cocuyo abrió los ojos y contestó molesto:
—Yo no te quiero, mora.
Eres vieja, estás deshojada y encorvada.
Estás muy fea. No me casaré contigo.

Al amanecer,
el cocuyo siguió su camino
y, después de mucho volar,
llegó a la casa de sus tíos.
Allí se quedó varias lunas
conversando y bailando.

Luego emprendió
el viaje de regreso.
Pasó por los mismos lugares
por donde había venido
y un día llegó
al mismo cerro
donde vivía la mora.
¡Y qué sorpresa!

La mora estaba totalmente cambiada.
Estaba joven, vestida con hojas nuevas
y adornada de flores.

—¡Qué buenamoza estás, mora!
—exclamó el cocuyo—.
Te ves muy linda llena de flores.
Me gustas mucho. ¿Quieres casarte conmigo?
Pero la mora no le contestó.

—Mora, morita,
cásate conmigo —suplicó el cocuyo.
—No, cocuyo —dijo la mora—.
Ahora yo no quiero casarme contigo.
Y por más que insistió el cocuyo,
ella no le hizo caso.

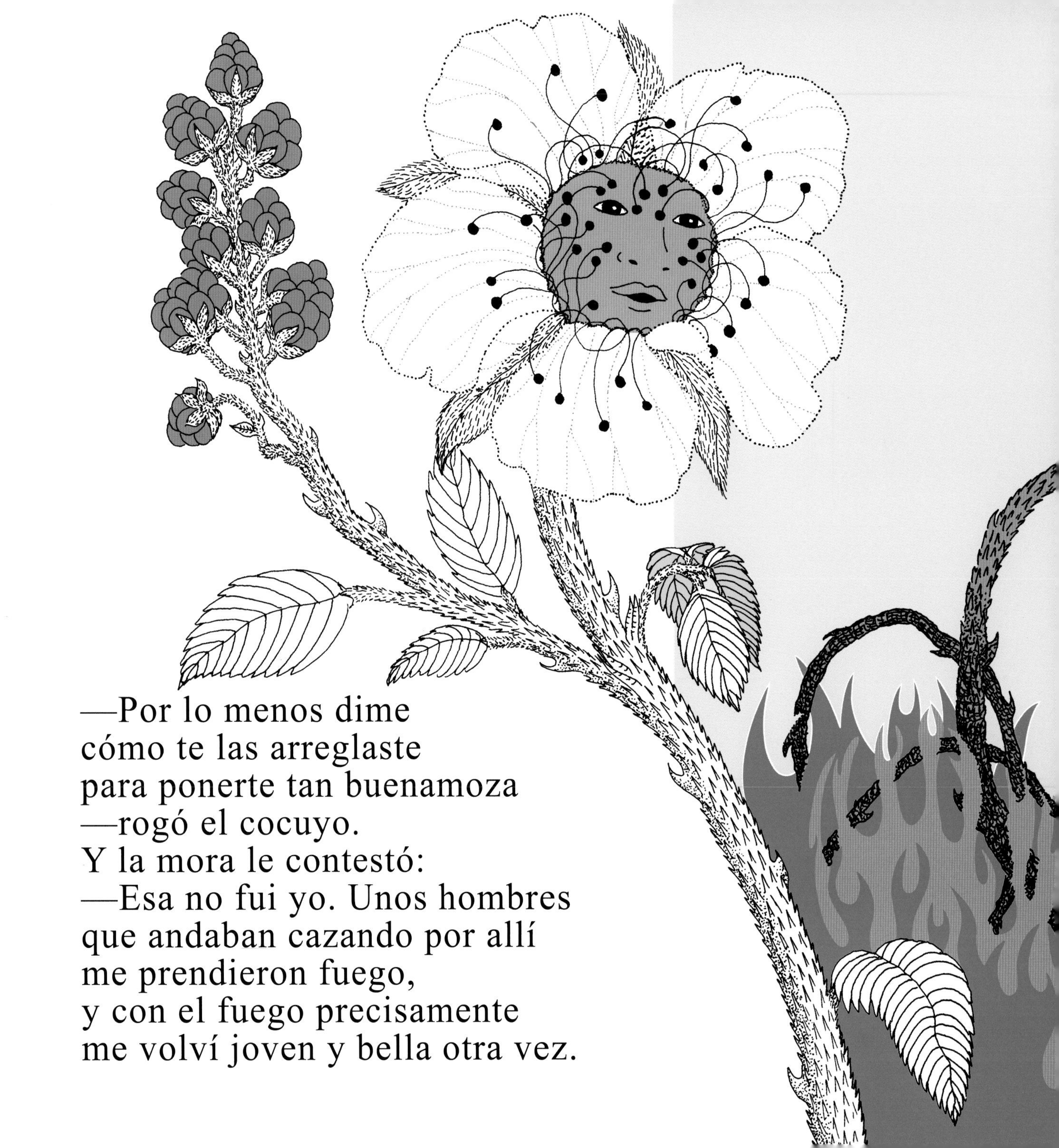

—Por lo menos dime
cómo te las arreglaste
para ponerte tan buenamoza
—rogó el cocuyo.
Y la mora le contestó:
—Esa no fui yo. Unos hombres
que andaban cazando por allí
me prendieron fuego,
y con el fuego precisamente
me volví joven y bella otra vez.

—¡Mora!
—exclamó el cocuyo entusiasmado—,
¿no podré volverme joven
igual que tú?
—No sé. Si te parece, hazlo,
pero ten cuidado.

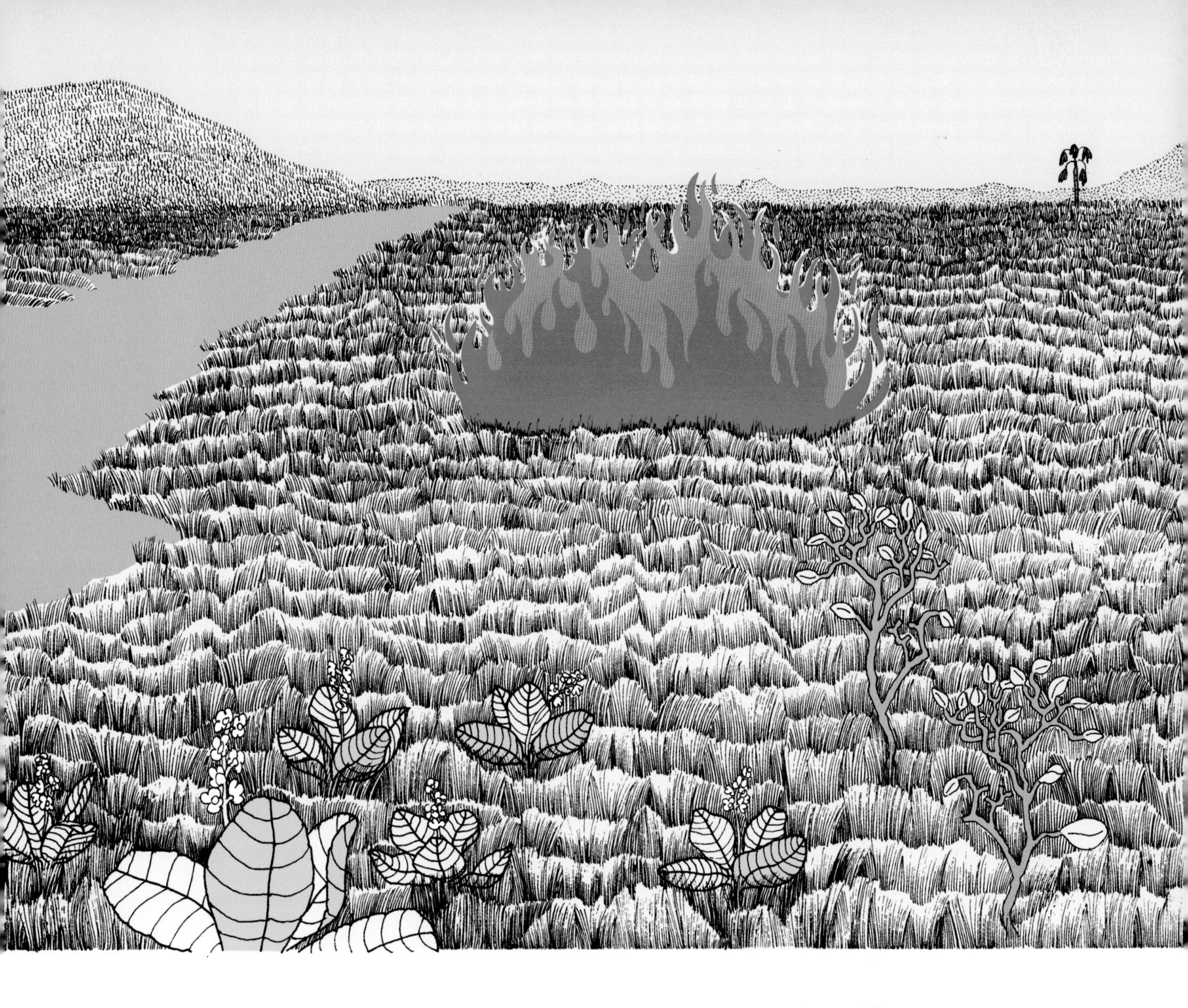

Entonces el cocuyo vio cerca de allí
una candela que habían prendido unos hombres.
«Yo también me pondré joven y buenmozo
como la mora. Tal vez así ella me quiera».
Y, sin pensarlo más, voló derecho al fuego.

Pero apenas lo tocaron las llamas
y sintió que se quemaba,
el cocuyo arrancó a toda prisa.
Sacudió las alas para apagar las chispas

y se frotó contra la hierba verde.

Entonces se miró y vio
que estaba todo negro y chamuscado.
Sólo en la cola le quedaba una chispita
que no podía apagar. Por más que voló
y batió las alas, allí quedó la chispita.

Muy triste y un poco avergonzado,
el cocuyo se alejó de la mora
y siguió el viaje hasta su casa.

Desde entonces todos los cocuyos tienen
ese color negro y esa luz en la cola.
Y cuando por las noches ven una candela,
allí se tiran.

Desde entonces, también, todos los cocuyos
rondan las moras cuando están en flor,
porque todavía tienen esperanzas
de enamorarlas.

El Cocuyo y la Mora es un cuento de la etnia pemón. Los pemón viven en la Gran Sabana, en la región de Guayana del Sur de Venezuela. La Gran Sabana es la región de los tepui: altas montañas de paredes verticales y cimas planas, como el Auyantepui, de donde cae el Salto Ángel o Churún Merú. En los tepui se encuentran especies muy raras de plantas y animales y los pemón dicen que allí habitan los espíritus *kanaima*.

Los pemón son gente sabanera, pero hacen sus conucos en la selva. Allí cultivan yuca, plátanos, ocumo, ñame, caraotas, auyama, lechosa, ají, tabaco y la planta mágica *kumi*. También cazan y pescan en los ríos de la Gran Sabana. Su pez favorito es el *aimara* y sus presas preferidas son los báquiros, venados, acures, lapas y dantas.

Construyen casas circulares o semicirculares, llamadas *maloka*, fabricadas de barro, madera y palma.

Tienen una bella lengua y una rica tradición oral de cuentos y leyendas que ellos llaman *panton* y que desgraciadamente se ha ido perdiendo desde que el hombre blanco ha intentado imponerles su cultura.

Cocuyo en pemón se dice *mateu*.

Mora en pemón se dice *kararai*, palabra que imita el sonido que producen sus espinas al rasguñar.

Este cuento fue recopilado por Fray Cesáreo de Armellada y publicado en su libro *Taurón Pantón II*.